다시, 화양연화

다시, 화양연화

1판 1쇄 인쇄 | 2023년 04월 05일
1판 1쇄 발행 | 2023년 04월 10일

지 은 이 | 송선영 외(전남학생시조협회 사화집)
펴 낸 이 | 이영희
펴 낸 곳 | 이미지북
출판등록 | 제324-2016-000030호(1999. 4. 10)
주　　소 | 서울특별시 강동구 양재대로122가길 6, 202호
대표전화 | 02-483-7025, 팩시밀리 : 02-483-3213
e-mail | ibook99@naver.com

ISBN 978-89-89224-58-7　03810

다시, 화양연화

토풍시 47년 만의 약속-전남학생시조협회 사화집

송선영 외

이미지북

| 책을 엮으며 |

1975년 송선영 시인을 지도교사로 모시고 전남학생시조협회全南學生時調協會가 창립되었다. 시조 창작을 목적으로 결성된 전국 최초이자 유일한 광주지역 고등학생 문학동아리였다.

불모지나 다름없었던 한국 시조문단에 기대와 관심을 선배 문인들로부터 받으며, 창립과 동시에 각종 백일장에 참가하여 다수의 수상자를 배출했다.

그리고 각종 지지紙·誌를 통해 문단에 데뷔(김종섭, 이재창, 오종문, 이근택, 최양숙, 윤희상, 권애영, 박정호, 박현덕, 김행주)하는 등 시조단의 주목을 받았다.

제1집 『토풍시土風詩』, 제2집 『무등문학無等文學』, 제3~6집 『토풍시』를 발간하여 그간의 성과물을 선보였으나 인문학의 쇠퇴와 더불어 22기수까지 활동하다가 그 명맥이 끊어졌다.

그동안 문단에 이름을 올린 회원들이 무대를 옮겨 각종 문예지를 통해 작품을 발표하며 활발한 활동을 하고 있기에 그 맥이 자연스럽게 한국 문단에 이어졌다고 볼 수 있다. 하지만 시조를 창작하는 학생 동아리로서의 맥이 끊긴 것은 참으로 안타깝다.

그때의 학생들이 지금은 머리가 희끗희끗한 중장년이 되었다. 회자정리라 하였던가. 문단에 데뷔한 이들을 중심으로 대표작을 골라 책을 묶어 내기로 하였다.

협회가 창립된 이후 실로 47년 만의 일이다.

어쩌면 마지막이 될 지도 모르는 이 사화집은 우리의 청춘과 꿈의 결과이다.

다시, 화양연화花樣年華를 꿈꾸며….

2023년 봄.

차 례

이근택

최양숙

윤희상

박정호

박현덕

전남학생시조협회 후일담

송 선 영

1936년 전남 광주 출생. 1956년 광주사범학교 졸업(이후 1999년까지 초등 교직에 종사). 1959년《한국일보》신춘문예(「休戰線」)·《경향신문》 신춘문예(「雪夜」) 당선. 시조집으로 『겨울 비망록』(1979), 『두 번째 겨울』(1986), 『어떤 목비명』(1990), 『활터에서』(1997), 『휘파람새에 관하여』(2001), 『꿈꾸는 숫돌』(2003), 『원촌리의 눈』(2005), 『쓸쓸한 절창』(2007), 『다시 서는 나무』(2017), 『벼랑 덩굴 손』(2017) 등이 있으며, 전라남도문화상(1974), 노산문학상(1979), 국민훈장 석류장(1980), 가람시조문학상(1987), 중앙시조대상(1991), 월하문학상(1996), 고산문학대상(2007), 조운문학상(2017) 등을 받았음.

강강수월래

어쩔거나, 만월일래
부풀은 앙가슴을
어여삐 달맞이꽃
아니면 소소리래도…
목뽑아 강강수월래
청자 허리 이슬 어려.

얼마나 오랜 날을
묵정밭에 묵혔던고
화창한 꽃밭이건
호젓한 굴헝이건
물오른 속엣말이야
다름없는 석류알.

솔밭엔 솔바람 소리
하늘이사 별이 총총
큰 기침도 없으렸다
목이 붉은 선소리여
남도의 큰애기들이
속엣말 푸는 잔치로고.

돌아라 휘돌아라
메아리도 흥청댄다
옷고름 치마자락
갑사甲紗 댕기 흩날려라
한가위 강강수월래
서산마루 달이 기우네.

꽃새암 속에서

살속 뼛속 스며드는
시방은 머흔 하늘,
빛은 저만치 멀고
새 울음도 차가운데
가지 끝
여린 숨결마다
칼날인가, 서슬 푸른….

굳이 입 깨물어
다소곳 묵도默禱하는
상기 맵찬 밤에
속의 작업은 가이 없어
땀 젖어
새기는 뜻이
한 겹씩 매듭을 풀고.

어둠 가면 저 물빛도
남 몰리 짙으리니
발돋음 발돋음 속에
하마 그대 소리결이…

또 하나
탄생의 아픔
오, 눈 시린 저 미소를.

화랑소고花郎小考 3

쓰꾸기가 운다
먼 변경邊境
산성山城이 운다

횃불
외오 타는 밤에
노병老兵들이
흐느낀다

보아라,
홍안紅顔의 둘레

바람 속 말이 닫는다.

다시 적일寂日

꼴 베는
내 낫 끝에
뚝 뚝 지는 풀꽃 몇 송이

빈 활터
시윗소리
노을의 숲을 울림이여

이슥고
먼 그날의 새떼가
날고 있다,
무등無等이다.

목화사木花詞

아무래도 알까 몰라
묵정밭에 구름송이
하늘빛 가득 고인
비인 골의 그리움을…
달구지
타령打令 멈추고
맘 주는 거, 못물 된다.

누군 어쩜 알까 몰라
목화밭에 뿌린 말씀
실솔蟋蟀인가 소소린가
달을 배는 보름 저녁
새 낭자
가슴 붉히며
작은 기침 헤아린다.

견고한 허공

백 년 옥좌 밑에는 무채색 허공이 있다

견고한 그 중심을 정으로도 쪼으지 못해

밤마다 허공 위에 앉아

홀로 술잔 비우는

왕王.

휘파람새에 관하여

요 며칠을 휘파람새가 심상치 않게 울었다
뒷강 나루터 기슭 잠을 잃은 휘파람새가
날마다
운암동 변두리의
첫새벽을 열었다.

고요한 산번지에 미증유의 파도가 일어
나는 휩쓸리다가 또, 노을을 태우다가
마침내
꽃상여 타고 온
한 청년을 보았다.

그 해 그 아픔 이후 한결 잦던 휘파람새가
비, 비를 맞으며 어둠을 치는 저 소리…
오늘도
아파트에 와
단조短調로 날고 있다.

적막을 새기다

사립을 들어서네, 안산案山 거사居士 헛기침 소리

토방에 올라서네, 만년萬年 학생學生 헛기침 소리

생의 길
노둣돌에 서린

푸른 헛기침 소리.

별

별은 아예 모르리라, 제 몸이 그냥 별인 줄

꽃과 새 푸른 벌레의 꿈인 줄도 모르리라

그래서
종일 속맘 다독여

저물면 몰리 나올 거야.

활터에서

시위를 당기게나 활시위를 당기게나
힘 모아, 모은 힘 다져, 화살이여 내달아라
저 첩첩
적막 강산을
거침없이, 그렇게….

대륙의 숲을 뚫던 그 단궁檀弓은 이젠 없다
숲 속 포효로 꿰던 그 맥궁貊弓도 이젠 없다
백발의 형형한 눈빛
빈 활터엔
우레 소리.

내 열원 잠 가로질러 여린 심장에 꽂힌 화살
숫눈에 내 쏟은 피, 먹피인가 선지피인가
이 땅의, 과녁 그늘의
그대 핏빛은
어떠실지.

노지奴只의 불빛 · 7

진종일

금남로엔

그 5월의

비가 온다

머리 푼

흰 여인 하나

에돌다간

사라지고……

예사로

등불 돋는 어슬녘

울려오는 종소리

무등無等을 그리며

안개꽃 밤을 새워 어둠 몇 평 갈耕다 보면

여울은 소용돌다가 고개 숙여 흐르고

잿마루
잣나무 가지
그 높이에 걸린 달.

새여, 그 겨울새여, 이승을 차며 치 솟아라

연꽃 핀 서녘을 찾아 흰 나래를 파닥여라

긴 긴 밤,
말없이 서서
속가슴에 다는 등燈.

꿈꾸는 숫돌

Ⅰ.

빈 헛간

속 어둠을 빗금 새기는 햇살 끝에,

돌아온 턱수염

킁킁 헛기침 끝에,

견고한 시간을 밀고

일어서는

작은

돌꿈.

Ⅱ.

훔치매 이내 숨쉬네. 몸 닳리어 자란 꿈이,

닳리므로 해〔日〕의 머리칼 썩둑썩둑 잘라 엮던……

기나긴 겨울잠 깨고 그 꿈의 날〔刀〕 번쩍이네.

새로 난 산길

긴 눈 그친 간밤에

숫눈 위로 길이 생겼네

지돌이 안돌이 거쳐 기스락 집 토방까지

먼 은발銀髮, 그 등불을 찾아 허위허위 음각한 길.

궁노루* 허기가 그예 숫눈길을 냈다지만

한 땀 한 땀 음각한 게 허기만이 아닐 터

불현듯, 먼 은발銀髮의 고뿔이

두 귀를 적셨을 게야.

* 궁노루 : 사향노루.

단발斷髮의 불빛

산허리 오두막 한 채, 외눈부처 칩거 중인

덩굴손 섶이 되는
소리 경經 곳집 같은

그 행궁
숨은 불빛 한 소절
보쌈 중이네,
밤안개.

오 종 문

1960년 광주광역시 광산구에서 태어났다. 1986년 사화집 『지금 그리고 여기』를 통해 작품활동 시작했다. 시조집으로 『오월은 섹스를 한다』, 『지상의 한 집에 들다』, 『아버지의 자전거』 등이 있으며, 가사시집 『명옥헌원림 별사』가 있다. 그 외 『시조로 읽는 삶의 풍경들』, 『이야기 고사성어』 전3권(제1권 처세편, 제2권 교양편, 제3권 애정편) 등 다수가 있다. 중앙시조대상, 오늘의시조문학상, 가람시조문학상, 한국시조대상 등을 수상했다.

봄 끝 길다

그예 모란이 졌다
눈물도 뚝뚝 졌다
간혹 외로웠구나 사는 일도 잠시인지라
한철을 건너가는 데 너를 잃고 서 있다

참말로 그날 그때 꽃 맵시는 이뻤다고
연둣빛 스며드는 오월의 바람 사이
사랑은 낙화 직전의 봄을 밟고 떠났다

한 날은 흙이 되고 돌덩이가 되더라도
또 한날은 구름 되고 하늘이 될지라도
사월은 눈빛이 짧다
몹쓸 봄 끝 참 길다

서늘한 유묵遺墨

하루치 짧은 봄빛 잠시 세내 걷는 외길
제 뼈를 세운 고택 멈칫멈칫 들어설 때
기둥에 붙들려 사는
유묵들이 가득했다

필생을 다스려온 필적이 주는 속말
마음에 티끌만큼 사악함이 없었는가*
뿌리째 도굴된 내면
빈 통처럼 고요했다

저 오랜 문장 닮은 한 일가의 높은 품격
청빈한 바람 몇 점 놓아두고 돌아설 때
바닥난 허기진 슬픔
그늘이 더 서늘했다

* 사무사思無邪 : 논어 위정편.

지구별 통신 · 9

뜨거운 시 구절은 늘 더디게 오는 걸까
우주 끝 지구 끝으로 각각 떠나야 했던
망령된 소문들만이 공히 밤을 써나간다

고요가 친밀하게 전해주는 생의 경로
밤하늘 무대 삼아 펼쳐내는 별똥별 쇼
육신의 모든 세포가 당신 향해 나부낀다

혓속에 부드럽게 추억들이 죽어가고
언제나 천억 년을 다시 머물 한 아이가
환승역 사라져가며 한 번을 더 흘러간다

그 너머 하늘 너머 무지몽매 사람들이
조용히 늙어가며 정박한 하루의 끝
존재가 삭제된 여백 시공처럼 아득하다

알전구 불빛 같은 둥근 달이 돋아나면
쓸쓸히 무너져 내린 앉은뱅이 몸짓으로
넌 지금 어느 별에서 지구별을 보고 있니?

봄밤의 파접罷接

한 권의 시집 속에
탈고된 성전의 봄
얼마나 많은 꽃이 피기도 전 스러졌던가
하늬 끝 칼날을 지나 구름 밟고 떠났던가

삼월과 오월 사이 태어난 사생아 같은
치열한 세상 하나 마음 끝 오르기까지
구름을 연못에 던진 바람의 몸 보았다

심장의 체온이 흐른 은유의 꽃숭어리
홀로 꿈꾸게 한 것 품을 수 있었을 때
얼룩진 독백을 접고 사랑 하나 들였다

와락 안아도 좋을 숨이 멎는 골목 달빛
눈빛 너무나 깊어 눈물에 이르지 못한
봄 그늘 앉기도 좁은
강물 소리 참 멀다

연필을 깎다

뚝! 하고 부러지는 것 어찌 너 하나뿐이리
살다보면 부러질 일 한두 번 아닌 것을
그 뭣도 힘으로 맞서면
부러져 무릎 꿇는다

누군가는 무딘 맘 잘 벼려 결대로 깎아
모두에게 희망 주는 불멸의 시를 쓰고
누구는 칼에 베인 채
큰 적의를 품는다

연필심이 다 닳도록 길 위에 쓴 낱말들
자간에 삶의 쉼표 문장부호 찍어 놓고
장자의 내편을 읽는다
내 안을 살피라는

늙은 나무의 말

간밤에 눈 내렸고 아무도 오지 않았다
오늘은 큰 바람에 가지 하나 더 잃었고
어쨌든
살아남았다
오백 살도 더 넘게

인간의 울타리로 들어와 산 그날 이후
해마다 가진 것을 아낌없이 다 내주고
한날은 소갈병에나 걸린 듯이 말라갔다

무수히 달린 잎사귀 그늘을 그가 걷고
공간에 담긴 시간도 언젠가는 흩어지고
이 집은
또 텅 빌 것이다
누군가가 다녀가고

사도, 왕도의 길

왕재란 무엇이며 또 왕도란 무엇인가
사약도 꿀물처럼 달게 마실 나를 두고
얼마나 큰 죄이기에
쌀뒤주에 가뒀는지

때로는 되는 일과 안 되는 일 있다는 것
질서를 깨는 일도 기다림이 필요하다는
가혹한 여드레 동안 온몸으로 알았다

사대의 판 뒤집을 새 책략을 건설할 때
윤오월 흉한 고변에 처참히 짓밟혔나니
기꺼이 풍문을 덮고 곧은길을 갈 것이다

당쟁의 그 촘촘한 그물코에 몸이 낀 채
끝까지 버틴 힘은 아들 산祘*이 있음이라
오늘은 생의 마지막
한 아비가 되고 싶다

* 산祘 : 조선 22대 정조대왕 이름.

한밤, 충蟲을 치다

강자가 한 수 위다 본때를 보여주리라
불쾌한 동거 끝낼 며칠 벼른 특공작전
일촉발
일대 변란이
한 호흡에 달려 있다

섶 지고 불 속에 든 덫에 걸린 어린 바퀴
불 켜자 펼쳐내는 필살기의 저 경공술
그물망
매복을 뚫고
시야 밖에 진을 친다

비장의 마지막 수 어떤 간계 쓸 것인가
생물인 현실의 벽 도모 위해 힘 겨루다
열댓 평
천하를 놓고
한밤 내내 충을 치다

지금 DNA의 비가 내리고 있다*

지난 봄 햇볕 두엇 도움닫기 하던 강가
버드나무 웅크린 채 견뎌 온 눈 내림 끝
유전자 프로그램이
그 봄을 낳고 있다

그래, 이 땅의 자식들 웅얼웅얼 모여 살며
결코 은유가 아닌 또 하나의 나 꿈꾸던
자궁 속 생존의 씨앗 눈물겨운 종種이 산다

생명체 자라게 하는 완벽한 태양의 몸
솎아낸 수컷의 핵 자루 속에 담아낼까
얼마를 더 기다려야 완벽한 날 출산할까

다 자란 아이들이 킬킬대며 사라진 골목
토종의 눈빛들이 몰래 찾은 제단 위에
복제자 DNA의 비가
검은 비가 또 내린다

* 리처드 도킨스Richard Dawkins는 버드나무 씨앗들이 솜털에 싸여 흩날리는 것을 보면서 "지금 바깥에는 DNA의 비가 내리고 있다"고 했다.

변새邊塞, 화살나무는

낮은 산등성이에 살 발라낸 시詩가 있다
그 길밖에 없다는 듯 허공을 붙들고 살며
시위를 떠나지 못한 절규하는 시矢가 있다

바람에
선동당하며
뻐꾹새가 목을 풀던
그 울음 받아쓰는 전쟁터 전사 같다
아니다 영웅과 같다
순교하는
투사처럼

변새 외재적 불빛 마음에 아스라하다
고요를 깨트리고 깨달은 의미처럼
과녁을 기억하려고 애를 쓰는 중이다

봄밤, 천둥소리
一心法 · 49

저 끝없는 망명길에
터트리는 벼락의 말

하르르 꽃 지는 밤
다 받아 적을 수 없어

암전된
완벽한 하늘
면도칼로 찢고 싶다

이 재 창

1959년 광주광역시 학동에서 태어났다. 1979년 〈시조문학〉 2회 천료하고, 1987년 《중앙일보》 신춘문예에 시조 「거울論」이 당선, 1991년 〈심상〉 신인상에 시가 당선했다.

제주 달빛누드 序說

1.

우리 가는 곳마다 길은 외로 서 있다 그 길엔 그림자가 없다 늘 열린 그리움이다 애월리 잠시 머문 바람길 감귤 꽃대가 핀다.

저 환한 천년 사랑 생명의 숲길 건너 소중한 사람들이 유배처럼 떠나는 곳 세상의 모든 짐 부려놓고 그리움 죄다 떨궈놓고.

2.

우리가 바라본 바다에는 소리가 없다 잔잔한 말 한마디 던져주지 못한다 우도에 머문 시간은 혼자만의 위안이 멋이다.

하지만 세상 저편 적멸도량 숨어 있다 우리만의 세상 우리만의 즐거움 귓볼에 파도소리 들릴 때 우린 먼저 떠난다.

3.

저물 무렵 우리는 갯바위에 앉아 있다 바람이 차가워도 따뜻한 건 넉넉함의 섬 성산포 바다에서는 감탄사를 쓸 수 있을까.

사람들이 하나 둘씩 회귀하는 겨울카페 저 멀리 그대 삶의 물안개 피어난다 바다가 바다를 만나는 것처럼 사랑은 멀리서 온다.

4.

긴 겨울 추스르며 우린 줄곧 절규한다 돌아올 길을 알고 떠나간 치어처럼 언젠가 붉은 허물 벗으며 모여드는 연어처럼.

그 심해의 맑고 청정한 세상에서 석삼년 어머니의 품을 그리던 연혼포 오늘은 수묵빛 찰랑인 그대 만나러 간다.

적멸의 그리움

—밀재를 넘으며 · 17

철쭉 피는 저녁에는 상하리 마을에 와서
보랏빛 심장 속살 내보이며 부서지는
당신의 부끄럽지 않는 물빛 영혼을 보았습니다.
봄비를 따라 와서 갯내음 안고 돌아가던
그 미치도록 눈물겹게 가슴 미어지던 갈꽃들
겹망사 푸른 면사포같은 그리움이 있었습니다.
삶의 슬픔도 법성포 비린내로 쏠려오는
해안도로 굽이굽이 몸 수그리는 욕망의 무게
저 능선 한 치도 벗어나지 못한 적멸이 있었습니다.

상원사 가는 길

어느 겨울날
상원사 적멸보궁에 이르는
햇살처럼 눈부신 이승의 길이 있다면
당신과 살림을 차려 매화꽃처럼 피고 싶네.

우리와 같은 그리움으로
단 한 벌 뿐인 사랑으로
삶의 끝 벼랑에도 포근한 길이 있다면
아늑한 토굴 한 칸 마련해 들꽃처럼 살고 싶네.

사색의 바다처럼
정동진 이르는 길목처럼
새떼처럼 정연한 화엄의 꽃 뿌려져 있다면
언제든 잔잔한 한 생애
바람벽 기대어 날고 싶네.

무등에 관하여

一年代記的 몽타주 · 24

너는 항상 흐르는 강물처럼 말이 없다
한반도의 가장 큰 가슴으로 울리는
피 맺힌 앉은뱅이 꽃, 침묵하는 자유의 꽃
바위덩이 만한 목숨 저만치 묻어두고
저문 들녘 몸 떨리는 전율로 살아나는 산
바다 끝 닿지 않는 해저에서 몸부림 치는 산
이제는 일그러진 영웅을 용서하는 산
더 이상 오를 곳 없는 생생한 미래의 산
우리의 어질고 큰 산, 가슴속의 무궁화꽃.

참회록

그들은 숲이었습니다 세석평전 낮달처럼
섬진강 푸른 물로 흔적 없이 흘렀습니다

사나운
바람만 남아
번뇌 하나 키웠습니다.

꽃

꽃 속에는 사랑하는 사람이 있습니다
한 올의 바람에도 먼 기척을 밝혀오는
세상사 편지 한 통을 내게 전해줍니다.
내 앞에 덩그러니 앉아 있질 못합니다
꽃잎은 지면서도 추하지 않는 그리움
이제는 홀로 건넌 길 다시 땅에 숨습니다.

시조를 위한 변명

—악의 詩 · 1

작품을 쓰는 일은 염문을 뿌리는 일
쓰레기통 처박힌 글 십수년만에 불러 내는 건
구릿한 쓰레기 더미에 헤엄치는 일이다

사교댄스 용도 밖에 쓸모 없는 빈 말 스텝
신춘문예 당선 자랑 치졸한 언어유희
저속한 애물단지 아니더냐
정말 부끄럽지 않더냐

하찮은 상 나눠 먹기 그저 주워 왔다고
자아도취 인격장애 판치는 문단 저자거리
뭐 그리 대단한 벼슬이던가
새새스런 상 하나

주지도 않겠지만 받지도 않겠다던 그 시인
가려진 당대의 현실마저 경계 할텐가
살아서 심장 둥둥 울리는 매직은 없는 것인가

시조시인을 위한 변명

—악의 詩 · 2

이제 시는 죽었고 시인도 죽었다네
이 굶주린 세대에 자기 구원이 무슨 소용 있냐며
치사한 양아치 근성의 마지막 춤사위 본다네

발등에 차이는 게 시인이라던 당신 말이 맞네
웃음을 유혹하는 미세먼지 발암물처럼
사람은 누구나 독기 서린
한 자루 칼 쥐고 있다네

비릿한 어물전 좌판 생각해 보았나
꽃 피는 봄날 강가에 서 있는 팜므파탈처럼
제 정신 가지고 사는 놈 몇이나 되겠나

시조단을 위한 변명
―악의 詩 · 3

"진보주의와 사회주의는 네에미 씹이다"고
"아이스크림은 미국놈 좆대강이나 빨아라"던
빛바랜 김수영 시인의 대상은 수정돼야 할걸세

구역질 나는 머슴살이 언제 되살아 났나
숨겨진 선대 간신배 핏줄이 뿌리였었나
문림文林을 좀 먹는 기생충, 붓 꺽고 떠나야 할걸세

수사학을 빙자한 행간들이 '네에미 씹'이고
수구꼴통 알랑꾼 일본놈 똥구멍이나 빨걸세
만발한 패거리 저승꽃 조시弔詩를 바치네

거울論

화면처럼 어둔 세상 低音으로 깔려와도
우리들 허무 몇 잎 낙관 찍혀 붉어온다
내 분신
벗어 던져도
전율 없는 너의 촉각.

하늘 아래 모든 것들 제 모습을 지니지만
거리의 네 가슴은 잠시 잠시 백지장 뿐
우리들
얼굴 함축된
수줍음이여, 벌거숭이.

너는 항상 방패없이 위태롭게 질문하고
질문 받는 우리들은 대답하다 넘어진다
제 모습
뽐내는 세상
아 아, 칼날이 떠는 字母.

이 근 택

경기도 양주에서 태어나 다섯 살 이후 광주에서 살았다. 광주 시내 여러 학교에서 국어교사로 근무하였으며, 시집으로 『장미를 사랑하고 있어요』가 있다.

바다코끼리

삶이 특별히 불행하거나 잔인하여도 괜찮다 유빙을 찍어 오르던 상아는 잘린 지 오래 비좁고 차가운 수족관에서 홀로 사는 이유는 눈부신 설산과 살을 에는 바람이 그리워서가 아니다 본래부터 외롭고 뜨거운 몸을 타고났기 때문이다 차가운 물에서만 살아야 하기 때문이다 830킬로의 거구를 비틀어 올라 물 위에서 숨을 쉬고 다시 물 아래 바닥에서 수조 밖의 사람들을 쳐다본다 사람들에게 크고 검은 눈을 껌벅이며 황막한 북극의 평화와 눈을 찌르는 아침 해의 열망을 이야기한다 그 눈을 마주본 사람들은 지워지지 않을 커다란 슬픔이며 외로움이며를 보지 못한다

보조개가 예쁜 담당 수의사와 함께 톳밥을 먹었다 수컷인가요? 암컷이에요. 우리나라에는 암컷만 두 마리 있지요. 왜 그렇게 오랫동안 사람들을 쳐다보죠? 호기심이요. 호기심 때문에요.

코끼리바위

비양도 북쪽 코끼리바위에는 가마우지가 산다. 가마우지는 파도 위에서 출렁거리며 물고기를 잡아먹거나 봄바람에 사랑 놀음을 하다가 어지러워 견딜 수 없으면 코끼리바위에 날아와 똥을 눈다. 쉴새없이 싸대는 새똥으로 바위는 하얗게 되고 흰 코끼리바위는 점점 커져서 인도의 신화에 나오는 신령스러운 코끼리가 된다. 인도 사람들은 그 소식을 듣고 와서 비양도의 코끼리바위를 향해 두 팔을 치켜들고 커다란 소리로 탄성을 지르며 무수히 절하면서 주문을 외운다. 순례자들이 흰 코끼리바위를 보기 위해서 비양도를 찾으면서부터 비양도의 새똥은 인도사람들이 가장 신성하게 여기는 새똥이다.

곶자왈 넝쿨

넝쿨은 벽을 타거나 나무를 안고 오르며 산다. 굵고 단단한 줄기를 세워 하늘로 치켜올리고 가지를 길게 뻗어서 잎들과 꽃들을 키우는 아름드리 나무가 되고 싶었으나 그리 태어나지는 못하였다.

가지가 곧 줄기인 몸으로 햇볕 한 줌 들지 않는 그늘과 축축한 어둠뿐인 땅 위를 뱀처럼 기어다닐 수는 없다. 기왕 뿌리를 내렸으니 똑같이 한 목숨을 타고 태어난 것.

햇볕의 방향과 바람의 흐름을 가늠해 보는 거다. 뭐든 걸리는 대로 달라붙지는 말자. 볕이 드는 데를 따라 열심히 줄기의 끝을 뻗어 여린 잎들과 새로이 피는 꽃들을 피워내는 거다. 피워서 열매를 맺어서 더욱 단단한 씨들도 퍼트려서 넝쿨은 넝쿨끼리 서로 엉켜서 살자. 비바람 태풍에도 끄떡없이 엉켜서 가장 높은 곳에도 올라보고 가장 뜨거운 태양도 느껴보자.

트뤼포 4

모든 만남은 슬픔으로 끝나지

추억은 남긴 과육처럼 씁쓸할 뿐

진홍빛 칵테일 한 모금에

크래커 한 조각 다시 한 모금

크래커의 동그라미 위에

희고 촉촉한 치즈를 바르네

이 술잔처럼 우리가 함께

서로의 생을 맛보는 동안에도

어둠이 촛불에서 빛나고

흔들리는, 눈빛, 트뤼포에서는

사랑은 언제나 숨겨진 영화 같은 거

병든 사랑

사랑이란 또 다른 나와 만나서
하나가 되는 과정이라고
너는 웃으며 말한다
티탄은 충격적인 슬픈 영화야
티타늄으로 된 두뇌로 살아가는 인간들
수많은 알렉시아들 속에서
나는 나로 살고 너는 너로 산다
나의 상처는 나의 것, 나만의 것이지만
나도 모르는 사이에 너를 때린다
고통의 힘으로 외로움으로
너와 내가 우리가 되기도 하지만
우리는 또 그 고통의 힘으로 너희를 때린다
때린다 아무 이유가 없다
살기 위해 살아남기 위해
춤추고 노래하고 사랑하는 사람들
화려한 도시의 밤에 여자는
자동차와 사랑하여 자동차 인간을 낳는다
공감 부재의 문명 속에서
우리의 사랑 행위는 살아남기 위한
방편일 뿐 검은 피를 흘리며

내가 너를 사랑하는 모든 행위는
너를 때린다 나를 때린다
너의 상처를 때린다 고통의 힘으로
삶과 죽음의 경계엔 공포가 있을 뿐
너는 호주머니 안의 손을 꼬옥 잡는다

제주의 새

제주의 새들은 쉽사리 날지 않는다
텅빈 뼈 안으로 몰아쳐오는 것들을 사랑할 뿐
바람이 세차게
꽃도 사람도 나무도 날려버릴 듯 불면
그때야 날개를 펴 바다 위를 난다
제주의 새들은 날갯짓을 하지 않는다
바람의 방향에 날개를 맞추고 높게 높게 떠서
아주 먼 곳의 바람이 바다를 몰고 오는
거대한 내연기관의 소리 같은 웅웅 하는 소리를 듣는다
새들은 그 소리에서 하늘과 땅과 바람의 메시지를 듣는다
하얗게 솟구치는 파도 위에 떠서
새들은 그러나 그것을 전해주지는 않는다
몇몇 사람들만이 땅 위에 엎드려 바람에 휩쓸리며
모래알처럼 날리며 웅웅 하는 소리를 들을 수 있을 뿐
아무도 바람의 소리
그 웅웅 하는 소리의 메시지를 알지 못한다

강물

우리는 함께 팔을 벌려 껴안았는데 그 때 강이 한 방향으로 흐르고 있었다 강은 크고 깊은 바다로만 가지는 않는다는 걸 우리는 안다 강물은 부드럽고 둥글게 돌아가서 어느 무인도 해변의 흰 조개껍데기를 씻거나 넓적한 날개를 가진 잿빛 새를 물 위로 띄워 올리거나 강가의 여린 갈대들도 자빠뜨리고 있을 거라고 그녀가 휘파람을 불듯이 속삭였다 나는 그 조개껍데기를 주워 몰래 그녀의 호주머니에 넣어주고 싶었다 흐르는 강물을 보며 그녀는 휘파람을 불었다 그녀의 휘파람은 순전히 그녀의 노력의 결과였지만 제법 음악이 되기도 했다 우리가 함께 꾸는 꿈이 강물이라면 너른 강 하류를 지나 수평선 너머 희부연 해무로 피어올랐으면 좋겠다고 그녀가 봄날처럼 웃었다

보석 같은 햇볕

우리는 흘러간 민중가요를 불렀지 그때가 더 좋았을까? 글쎄 희망이 있어서? 아군의 어깨 너머 솟구치는 깃발 북소리 따라 터지는 심장 최루가스로 덮인 검은 아스팔트 대학에 입학하자마자 분신한 선배의 시신을 지켜야 했던 사내가 그의 아내와 함께 그 날이 오면을 선창하고 다 같이 쉰 목소리로 따라 불렀지 백골단이 쳐들어올까 봐 병원 영안실에서 철야농성을 했어 내 형제 빛나는 얼굴들 그 아픈 추억도 후렴의 고음을 내기 위해 안간힘을 썼지만 우리가 바라는 후렴은 아니었지 그래, 어쩌겠어 세월은 이제 고음을 용납하지 않아 막걸리 잔이라도 더 높이 들고 외치는 거야 브라보! 돌이킬 수 없는 열망이여 안녕 아아 짧았던 내 젊음도 헛된 꿈은 아니었으리 술을 마시는 동안 사라사테의 지고이네르 바이젠이 흘렀지 목이 쉬어 더 이상 노래를 부를 수 없을 때 키타를 치던 사내가 말했어 감옥에서도 나는 노래를 불렀어 사람들은 나의 노래를 좋아했지 징벌방에 혼자 갇혀서도 햇볕이 그리워서 노래를 불렀어 너무 외로우면 식구통 구멍으로 머리를 내밀고 보았어 손바닥만한 보석 같은 햇볕을

바다의 똥

바다에 사는 물고기는 바다에서 나는 해초며 작은 물고기들을 먹는다 바닷물과 함께 먹고 바다가 된다 바다에 사는 물고기는 바다에 똥을 누고 바다가 된다 바다는 물고기를 먹고 똥을 먹는다 바다에 사는 것 중에는 바다가 아닌 것이 없다 바다에는 바다의 똥이 아닌 것이 없다 바다에 사는 흰수염고래도 700킬로그램의 심장이 뜨거워지면 수백 마리의 물고기를 먹고 거대한 똥을 싼다

모택동의 뒤를 수백만 명의 홍위군이 따른다 그는 수면 위의 고래처럼 담배연기를 내뿜는다

사려니숲에서

내가 사랑하는 사려니숲에는 아름다운 신부가 산다 산딸나무꽃처럼 하얀 신부가 삼나무 울창한 숲에서 걸어나와 먼 산 언덕을 보듯 두 눈 가득하게 그의 짝을 올려다 본다 올려다 본다 졸참나무, 서어나무 잎에서는 한 줄기 바람이 불어와 봄볕에 눈부신 긴 치마를 부풀려 날려 보낸다 날려 보낸다 내가 사랑하는 사려니숲에서는 나풀대는 치마가 나풀댄다 사려니숲에 사는 신들의 숨결, 차갑고 순결한 기운으로 산새들은 낮게 낮게 날고 하늘은 까마득한 높은 곳에서 작은 창문만이나 하게 파랗다 파랗다 신령스러운 나무들의 궁전, 사려니숲에서는 아름다운 신부가 희고 탐스러운 수국꽃처럼 웃는다

최 양 숙

1999년 <열린시학>으로 등단했다. 시조집으로 『활짝, 피었습니다만』, 『새, 허공을 뚫다』가 있으며 열린시학상, 시조시학상, 무등시조문학상 등을 수상했다

매의 허공

쉿!
아가씨 팔에 앉은 매의 쇼 지켜봐요
공중에 던진 먹이는 재빨리 낚아채야하듯
당신들 흉내 내기는
용기가 필요하죠

다리는 묶이고 이름표도 달았지만
훌라후프 통과할 때는 박수를 쳐주세요
달콤한 초콜릿 받아
집으로 갈 거예요

통나무에 매달아놓은 흙집은 아늑하죠
영혼마저 글썽이게 한 연습 따윈 잊을래요
나를 다 써버린 날은
생각이 잘리거든요

부엉이가 울었다

예기치 못한 길로 접어들자 눈이 내렸다
손으로 눈을 받아 데려가고 싶었지만
번번이 사라져버린 자작나무 숲 부근

살비듬 다 벗겨진 은빛 수피 가슴으로
미치게 날아다니다 내려앉은 눈송이들
아, 나는 아니었구나 물러서는 불빛들

몸 속 어딘가는 눈사람이 되어갔다
앞서 간 발자국이 자막으로 깔리며
멀리서 부엉이가 울었다
진입금지 구역이었다

뒤로 걷기

지금껏 왔던 길을 되짚어 뒤로 간다
이대로 가다보면 소나기 퍼붓는 여름
강물에 신발을 버린
한 사람이 보인다

미친 듯 소리쳐도 물살에 쓸려가고
지치지 않고 부른 이름 하나 떠내려간다
누군가 맨발로 달려와서
젖은 몸을 감싼다

슬픔은 뒤로 가도 여전히 거기 있다
사는 게 괜찮으냐 아직은 묻지 않는다
출구가 가까워진다
나는 다시 돌아선다

혹, 베짱이 다리 보셨나요

세월의 짐이 무거워 등이 휜 할아버지
딸각딸각 목발 짚고 가파른 고개 넘는
기다란 베짱이 다리 여러분은 보셨나요

반 접어 올린 바지, 백발에 누런 구두
이 땅을 활개 치던 스텝이 꼬이는데
목청껏 부른 노래들 아직도 기억하나요

한 뼘쯤 남은 시간 되감을 태엽 없이
콧노래 흥얼흥얼 흔들며 가는 지금
사랑의 기타를 치던 여름날을 아시나요

암막커튼

겹겹이 흘러내린 주름을 따라가면
모서리 끌어안은 구겨진 겨울 들꽃
눈은 늘 먼 곳에 둔다
거기에 갈 수 없다

혼자만 남을까봐 어둠을 열었다가
날카로운 빛에 찔려 온 방을 뛰어다니고
수시로 약을 삼킨다
감은 눈 또 감는다

그대가 다녀간 날은 심장의 길이를 잰다
전생을 꺼내어서 가만히 들여다본다
견딜 수 없는 것들을
견딜 수 있을 때까지

위로

악아, 들어 볼래
여그가 찡골이여
옴팍하니 둥지 틀고 알을 낳는 형국인디
햇살이
아늑허니께
편안하니 안 좋냐

다음에 나 여기 살믄
자주 찾아 오니라
찡들이 찡찡 울면 나인 줄 그리 알고
참아 봐
궂은 날만 있다냐
좋은 날도 있응게

긍긍

날개를 접어야지 마음껏 부서져야지

두 시에 잠이 들어 시월에 일어나야지

언제든 빗나가려고 외진 곳을 찾아야지

내 몸을 연주하던 바람은 현재 완료

짜내도 올라오는 부스럼은 과거의 진행

떠나고 버릴 때마다 더 가까이 가야지

활짝 피었습니다

수시로 혈압 재고
맥박 수 체크하고

이완제 맞고서야 아슬아슬 풀리는 봄

난간에
민들레 홀씨
후후 불어 만나는 봄

그대는 어디만큼
피어 오고 있나요

거리마다 수만 송이
속삭이며 지나가고

나 오늘
견디다 못해
활짝 피었습니다만,

백련사 동백

뒤틀리고 거꾸러졌다고

사무치게 보지 마라

온몸에 박혀버린

종양도 내 살인 걸

폭풍우

치는 밤에도

그대 올까 꽃문 여네

나, 이런 여자야

남편은 사는 내내 술주정을 부렸어

내 머리카락을 양손으로 감아쥐고 미련해져라 미련해져라 하면서 바닥에 찧었지 20년 전 둘째만 데리고 도망 나왔어 시인이 되고 싶었거든 문학박사 꼬리표를 달아보고 싶었거든 둘째가 군대에 있는 동안 춥고 잘 곳이 없어 경찰서로 들어갔어 하룻밤 재워달라니까 어디론가 데려가 방 하나를 준거야 거기엔 더 비참한 노숙자들로 가득했어 둘째가 휴가 나오면 그 휴가비로 자장면 먹고 여관 들어가 자고나면 돈이 똑 떨어졌지 다음날 복귀시키고 다시 떠돌이 골목을 찾아다녔어 나, 그런 여자야 한 면이 각을 세우면 두 면이 무디어져도 거뜬히 뛰어넘는 삼각형 여자 그러다가 온 몸에 뿔이 돋아 히죽히죽 웃으며 일어나지

오늘은 찢어진 옷을 입고 압구정으로 갈 거야

공백의 감정

거기는 무언가로 팽팽하다 터질 것 같다
꼬리를 흔들거나 헤엄쳐 다니거나
무수히 떠다니는 것
잡히지는 않지만,

몇 개의 쇠창살과 틈새로 느껴지는
거친 숨 푸른 하늘 젖은 눈 구름의 속도
힘차게 날아오르는 빛들의 단호함

바람이 나를 묶어 빗물에 내려놓는다
그 곁에 쭈그려 앉아 발갛게 귀가 젖는다
내 안에 그림자 한 점 몰아내지 못한다

윤 희 상

시인. 1961년 영산강이 내려다보이는 전남 나주시 영산포 조선시대 제민창 터에서 태어났다. 고등학교 1학년 봄에 전남학생시조협회에 회원으로 가입하여 고등학교 3학년 졸업 때까지 활동했다. 광주동신고등학교와 서울예술대학교 문예창작과를 졸업했다. 1989년 『세계의 문학』에 「무거운 새의 발자국」 외 2편의 시를 발표하며 작품 활동을 시작했다. 줄곧 편집자로, 편집회사 대표로 오래 일했다. 시집 『고인돌과 함께 놀았다』, 『소를 웃긴 꽃』, 『이미, 서로 알고 있었던 것처럼』, 『 머물고 싶다 아니, 사라지고 싶다』가 있다.

돌을 줍는 마음

돌밭에서 돌을 줍는다
여주 신륵사 건너편
남한강 강변에서
돌을 줍는다
마음에 들면, 줍고
마음에 들지 않으면, 줍지 않는다
마음에 드는 돌이 많아
두 손 가득
돌을 움켜쥐고 서 있으면,
아직 줍지 않은 돌이 마음에 들고,
마음에 드는 돌을 줍기 위해
이미 마음에 든 돌을 다시 내려놓는다
줍고, 버리고
줍고, 버리고
또다시 줍고, 버린다
어느덧, 두 손에 마지막으로 남는 것은
빈손이다
빈손에도 잡히지 않을
어지러움이다
해는 지는데,
돌을 줍는 마음은 사라지고
나도 없고, 돌도 없다

소를 웃긴 꽃

나주 들판에서
정말 소가 웃더라니까
꽃이 소를 웃긴 것이지
풀을 뜯는
소의 발밑에서
마침 꽃이 핀 거야
소는 간지러웠던 것이지
그것만이 아니라
피는 꽃이 소를 살짝 들어 올린 거야
그래서,
소가 꽃 위에 잠깐 뜬 셈이지
하마터면,
소가 중심을 잃고
쓰러질 뻔한 것이지

도너츠

눈 내리는 날,
한가운데 텅 빈 마음자리를 바라보고 있으면
마음은 있는 것도 아니고
없는 것도 아니다
스산한 바람만 불었다
비움으로 끝내는 남아 있는
중심의 괴로움을 처음에는 몰랐다
중심은 사라지고
주변은 드러나는 풍습이 그만큼 낯설다
안이 밖을 만들었다
밖이 안을 만들었다
그렇다고, 마음이 갇히지도 않았고
열리지도 않았다
흥미로운 것은
다 먹혔을 때만
둘이 서로에게 고요히 번진다
안과 밖이 서로에게 스민다
둘이 다투지 않는 고즈넉함이다
너와 내가 하나이듯이
빛과 어둠이 하나이듯이

밤과 낮이 하나이듯이

마치 정신과 육체가 둘이 아니라 하나이듯이

그대로 하나의 몸이다

그리고, 흩어진다

이미, 서로 알고 있었던 것처럼

말의 감옥

혀끝으로 총의 방아쇠를 당겨 혀를 쏘았다
쏟아지는 것은 말이 아니라, 피였다
오늘은 아무 말도 하지 않았다

입안에서 자라는 말을 베어 물었다
그렇더라도,
생각은 말로 했다

저것은 나무
저것은 슬픔
저것은 장미
저것은 이별
저것은 난초

끝내는 말로부터 달아날 수 없었다
눈을 감아도 마찬가지였다
이럴 줄 알았으면,
말을 가지고 실컷 떠들고 놀 것을 그랬다

꽃을 만들고

그림을 그리고
향을 피울 것을 그랬다

온종일 말 밖으로 한 걸음도 나서지 못했다

아무도 몰래, 불어가는 바람 속에
말을 섞을 것을 그랬다

갈 수 없는 나라

자고 일어나 방 문을 열면 감나무 밑이 환했다 아침마다
누나와 함께 떨어진 감꽃을 주웠다 꽃밭에서
피는 꽃마다 하늘을 하나씩 들고 있었다 꽃이 지면
들고 있던 하늘도 무너졌다 아버지의 양복 호주머니에서
돈을 훔쳤다 훔친 돈을 담장 기왓장 아래
숨겼다 앵두나무 그늘이 좋았다 둥근 그늘 밑으로
들어가 돗자리를 깔았다 해질 무렵, 어머니가
이름을 부르며 찾았다 대답하지 않았다 뒷뜰에서
죽은 것처럼 누워 있었다 비가 오면, 마당의
백일홍 나무는 비가 오는 쪽만 젖었다

전남학생시조협회

무등산 아래 그곳,
시인 송선영 선생님과 소년, 소녀들이 칠판 앞에 둘러앉아
시를 얘기하고, 시를 썼다

어떤 날은 버스를 타고
풍경 속으로 소풍을 다녔다

늘 내 안에 있는 내 학교였다

내 시 학교였다

사십 년이 더 되었다

지금도 불현듯 나를 불러세우는 그곳이
나를 만들었다

세 사람과 오토바이

세 사람이 사막으로 갔다
한 사람씩 차례로 오토바이를 타고
멀리, 어떤 곳까지 갔다가 되돌아오는 놀이를 했다

첫번째 사람이 오토바이를 타고 출발했다
두 사람은 기다리고 있다
멀리, 어떤 곳까지 갔다가 되돌아왔다
어떤 곳은 구름 그림자였다

두번째 사람이 오토바이를 타고 출발했다
두 사람은 기다리고 있다
멀리, 어떤 곳까지 갔다가 되돌아왔다
어떤 곳은 낙타 무덤이었다

세번째 사람이 오토바이를 타고 출발했다
두 사람은 기다리고 있다
멀리, 어떤 곳까지 갔다가 되돌아오지 않았다
아직, 어떤 곳을 알 수 없다
지금, 어떤 곳으로 가고 있다

눈에서 뒷모습이 점처럼 작아졌다가 사라졌다
당연히 보이지 않았다

행여나, 어떤 곳이 없는 것은 아닐까

며칠이 지나고,
몇 해가 지나도록 되돌아오지 않았다

시

불현듯 시료라는 말이 생각나
머리 안의 어디쯤 기억 창고가 있겠지
그곳의 기억 한 조각, 그러니까
시료를 꺼내 평면 유리 위에 올려놓고
촉매 용액을 한 방울 떨어트리는 거야
그럼, 뭉쳐 있던 그 기억 한 조각이 슬슬 풀리겠지
처음에는 소리든지, 이미지든지 뭐 그러겠지
그것을 종이 위에 글로 옮기는 거야
그것조차도 쉽지 않겠지
그것이 정말 가능할까 그런 생각도 해보지
뭐랄까 또 다른 번역이나 해석이라고 해야 할까
물론, 그것을 그대로 옮기는 것은 아니겠지
그러다가 오해할 수도 있겠지
어떻든 또 하나의 세계가 펼쳐지는 것이지
더하거나, 빼거나, 아니면, 감추고 싶은 것일 수도 있겠지
또 남에게 예쁘게 꾸며서 드러내고 싶겠지
하지만, 뭔가 혼자 무덤까지 들고 갈 것이라면 어떻게 해야 할까
무엇이든지 분노였다가, 기쁨이었다가, 풍경이 되고, 눈물이 되겠지

어떤 것들은 분명하지 않고, 흐릿하고, 겹쳐 보이기도 하겠지
미처 글로 담기기 전에 도망쳐 버리는 것일 수도 있겠지
때로는 놓쳐 버리는 것이지
그래서 글이 되지 못하고
보이거나, 만져지지도 않고,
미처 느껴지기 전에 모두 사라지거나,
사라진 뒤의 얼룩이라도, 그 얼룩을 사랑해

몸에게 말하다

새벽하늘을 홀로 건너는 달을 보면서 고통으로 다듬었다
그렇게 다듬어진 말이 있다
그렇게 다듬어진 말로 자신의 몸에게 말하는 사람이 있다

자니는 날카로운 칼로 팔목에 선을 그었다
선영은 허벅지에 문신했다
미키는 젖꼭지에 피어싱했다

피 흘렸다

아파도, 아프지 않았다

누가 읽거나 말거나,
이 세상에서 오직 한 사람만 알고 있는 말이 있다

말의 뿌리를 알 수 없다

어쩌다가, 혹시 누가 읽었다고 했을 때,
그 말은 이미 좀처럼 열리지 않는 방으로 들어간 뒤였다

겨울 저수지

외딴 산골 겨울 저수지 얼음 위에
돌을 던진 사람은 외로운 사람이다
누구에게 말을 건네고 싶은 사람이다
돌은 말이 되기 위해
찬바람을 맞으며
얼음이 녹는 봄까지 견뎌야 한다
돌이 말이 되어 가닿는 곳은
저수지의 마음자리일 것이다
아무도 그 깊이를 알 수 없다

농담할 수 있는 거리

나와 너의 사이에서
바람이 불고, 비가 내리거나, 눈이 내린다

나와 너의 사이는
멀고도, 가깝다
그럴 때, 나는 멀미하고,
너는 풍경이고,
여자이고,
나무이고, 사랑이다

내가 너의 밖으로 몰래 걸어나와서
너를 바라보고 있을 즈음,

나는 꿈꾼다

나와 너의 사이가
농담할 수 있는 거리가 되는 것을

나와 너의 사이에서
또 바람이 불고, 덥거나, 춥다

박 정 호

1988년 〈시조문학〉 추천 완료했으며, 한국시조시인협회 본상을 수상했다. 시집으로 『 빛나는 부재』가 있다.

산다경山茶徑

옥판봉玉板峯 능선을 굴러 돌처럼 꽃이 진다

유상곡수流觴曲水 아홉 굽이 마른 물길로 꽃이 져서 꽃이 떠서 흐른다. 쿵! 쿵! 쿵! 꽃 떨어지는 소리에 꽃이 진다. 첩첩 수심도 없이 꽃 지면 하늘과 땅은 멀어져 꽃 진 빈자리 꼭 그만큼 길이 열린다. 오너라 오너라 누구든지 와서 꽃 떨어지는 소리 들어보아라. 적막한 구곡간장에 꽃 떨어지는 소리 받아 가거라. 한 가지에서 난 것인 양 꽃 지니 마음 지더라

그 꽃을 밟지 않고는 별서에 닿을 수 없다.

* 산다경 : 별서정원에 들어가는 동백나무(별칭 山茶) 숲의 작은 길.
* 옥판봉, 유상곡수 : 백운동 별서 정원의 12경 중의 하나.

붓

먹물이 번지는 길의 시간이다

우모牛毛든 서수필鼠鬚筆이든 갈근葛根이든, 그을린 부지깽이 또는 깨물어 낸 손가락으로 이 땅에 휘갈겨 쓴 몸은 한 자루 붓이었다. 닳고 닳은 붓 한 자루가 세상을 갈고 닦았던 도구였다. 바람이 몸을 펼쳐 넘긴다. 쓰다가 지운, 물에 쓸려 읽을 수 없는, 삐뚤빼뚤 갈지자로 걸어와 여백으로 남은 사람

난봉꾼 잡설일지라도 한 권 책이었다.

허허, 흉한지고

—애고, 단풍

어느 녘 결구結句인가
소지 올리듯 붉어진 뜻은
무엇 있거든,
내장산에 흉 지어 감춰진 무엇
천지에 고하지 않아도
절로절로 드러나는.

세월의 숲인 것을,
내쳐 디뎌 왔는 것을

드난살이였던 거라 마상이 타고 왔던 거라 절며 가고 끌며 가서 등걸잠 자듯 잊혀지는 아무도 모르는 무게였던 거라 그러니 달궈져 던져진 돌이라 한들 어떻겠느냐 불붙어 날뛰는 어름산이라 한들 어떻겠느냐 그만하게 무겁고 그만하게 가볍게 사등롱 밝혀 들고 기우뚱거리는 잡놈의 어깨춤사위를 따라 능선을 타 넘어 간다 애고 애고 잘도 간다 그 꼴 그 모양인 종생의 도린곁이라도 놓아 둔 마음 곁에 놓아둔 손 하나 이윽고 그립더니라 몹쓸 놈 허튼 몸짓으로 움찔움찔 흔들리더니라 여 보아라 여 봐라

낮꽃이 허, 흉한지고
이냥 그대로 흉한지고.

* 어름산이 : 줄 타는 광대를 이르는 순우리말.

녹두별똥별

이 길은 백 년의 노역, 몸이라도 마음이라도 멈출 수 없다. 가야 한다.

들들들 해와 달이 닳아, 미주알고주알 말도 많고 탈도 많은 그마저 갈아대고 있는 하늘의 맷돌에서 튕겨 나온 콩알 같은 것이여. 눈빛 뿌린 지상의 길로 냅다 뛰다가 구르다가 속수와 무책을 앞에 두고 들숨날숨 가빠지던 그때였던가, 목이 마르더니라 사람의 일은 끝내 모를 심연 같아서 물에 잠겨서도 목이 타더니라. 어느 속의 불씨가 살아 피가 끓고 생각을 끓게 하는지 제 몸 태우는 줄도 모르고 애를 끓이고 있었더니라. 높고 낮은 산과 들 건너와서 은사시나무 눈부신 잎 뒤집을 새도 없이 노을 날뛰는 남새밭에 툭, 지는 이파리 같은 것이었음을 다 늦은 뒤에 짐작하는 것이었어라. 피노길 뉘엿뉘엿 흔들려가는 가마 한 채 고개를 넘어가 울울만산鬱鬱萬山 되었더라

그 곁에 누가 있었거나 없었거나 상관하지 않았으나, 작정하지 않았더라도 마침내 가 닿을 데 없이 무장무장 쓸쓸하더니.

과녁 없이 떠도는 어림없는 손짓 발짓
듣는 귀 보는 눈 없는 허공을 일갈一喝하며
우주의 티끌 하나가 한 획을 긋고 있다.

마음 한 평

등에 내린 무게가 달빛 별빛은 아닐 터, 창고에 쌓인 것이 돌무더기는 아닐 터, 도중에 주저앉은 것이 풀잎만은 아닐 터.

곁가지로 자란 것이 본래면목本來面目을 흔든다
가까워졌을까? 오래 걸었으니, 늙은 사람을 보면 눈물이 난다. 금목서金木犀 향기에도 홍루紅淚를 본 듯 미어지는 소슬한 나이. 일월日月을 스친 것들은 말없이 한 숨 깊어져 발걸음이 무겁다. 목숨은 도둑 같아서 못다 고한 죄 같아서 산을 넘고 강을 건너 허허벌판에 툭! 떨어진 돌멩이 같더라. 풀씨처럼 날리는 뜬소문…. 하늘을 살핀 적 없고 이 땅을 굽어본 적 없어 천리天理가 왔다 해도 불민하여 몰랐고, 몰라서 헛되어 욕스러워도 덤덤하였다. 연륜이란 얼마나 노련한 것인가. 염치와 부끄러움이 아무렇지 않게 되었다. 눈 감고 귀 막고 입 닫은 냉가슴 속을 일진광풍으로 휘몰아쳐 와서 뒤란의 대숲이나 흔들다 마는 것이었구나. 노도怒濤를 달래며 그저, 먼 구름 곁에 그대 있어 무작정 걸었음이라
미망迷妄의 골짜기더냐
다 건너지 못하였으니.

어라, 별별別別

꽃피면 어떻게 하나
어인 일로 꽃은 피나
천애절벽을 부여잡고
오고 있는, 오는 것을
여북한 이내 심사야
황망하거나 말거나.

내심 기다림이
곡두 같은 것이래도
떠나서 오지 않는
누구누구, 무엇인지
강 건너 산수유 마을
가 보기는 할까나.

화음방심花陰放心

에돌아 간 들길이 까닭 없이 시끄러웠을까

오려고 그랬던 거지. 왔으면 된 것이지. 기어이 와서 다 잡은 마음 흔들어 놓고 가려는 것이지. 앞뒤라 할 것 없이 강물을 타고 오르는 녹음을 당겼다 밀었다 하며 들쑤시고 다니는 심보를 어쩔 것인가. *들병이 불러 잔 기울이던 *지질컹이에게도 울긋, 불긋 소식이 닿아 꽃눈 뜨고 보는 봄이라, 허허! 봄이라. 그렇구나. 봄은 오는 것이었다. 오는 것을 보는 것이었다. 막히고 닫힌 틈을 내어 잔설 녹여내고 거친 땅 헤집어 싸질러가는 불의 입김이었다. 무심하다 해도 떨리는 흉금胸襟을 감출 도리가 없다. 열여덟 춘심은 아니더라도 개나리 진달래 그늘에 들어 먼 산이라도 바라보자. 하늘 깊은 곳이라도 치어다보자. 이미 알고 있어도 짐짓 모른 척, 사막의 모래능선이 생겼다 사라졌다 하는 것을, 말도 없이 왔다가 가는 것을, 그래서 허허이, 허허! 새삼스러워 하는 것을. 남 일인 양 그저 그러려니 하다가 혹시라도, 자라난 가시에 스스로 다쳐 울 수 있다면 울어라. 천명天命이 다 하도록 펑펑 울어버려라. 그마저 할 수 없다면 입 닥치고 있을 수밖에 불러서 오지 않으니 부르며 가던 그 날을 지나와 알게 뭐야 저런, 저런. 꽃그늘 아래 놓아버린, 놓쳐버린 마음을 두고 에라! 바람이나 피울까 봐.

* 들병이 : 병술을 받아서 파는 떠돌이 계집을 속되게 이르는 말.
* 지질컹이 : 무엇에 지질려 기를 못 펴는 사람.

발인發靷 2

발길에 차인 돌 같았다
필부匹夫는 학생學生이었다

검은 산 검은 들 떨구고 간 새 울음만 살아 들썩거리는 곡전轂轉 길을 질퍽거려서 못가겠네. 아득하여서 더는 못가겠네. 흘린 눈빛 같은 것들, 편린 같은 것들, 검불 같은 것들이 회오리로 휩쓸려가는 허허벌판이 어디인가? 곧장 가면 그곳이다. 불붙일 심지도 없이 삼세시방三世十方 요요寥寥한 중에 철벅철벅 강 건너는 소리, 그렇게 가고 있는가. 헤매지 않고 가는가

다시는 오지 말아라
꽃으로도 사람으로도.

* 곡전 : 수레의 바퀴통처럼 돎.

가을, 사인암에서

뛰어 내리는구나 모두들 절정으로 뛰어 내리는구나
높거나 깊거나 곡진한 사유도 없이
지척의 단애를 향해 결단코, 뛰어 내리는구나.

못난이 춤으로 끝내 서툰 몸짓으로
놓쳐버린 손인지 놓아버린 마음인지
처연히 붉어져서는 죄도 없이 떨리더니.

바람의 일이었을까 구름의 일이었을까
한바탕 꿈속의 꿈 화정火定에 들어 타오른다
다만 그 흔들림이 남아 파란만장 속으로.

천둥 속에서

천둥 울고 번개 쳐서 땅 꺼지는 그런 날, 천둥 속에… 번개 속에… 아우성 그에 묻혀 숯검정 몰골을 하고 저리 뛰고 이리 구르다가. 그대여 혹시, 그대여 돌아설 곳 없거들랑 우리 서로 눈 맞춰 도망이나 갈까나 돌 같은 애 하나 낳고 살까나 그냥, 그냥. 돌비알 짊어지고 발 하나 흙에 묻어 꽃 나든지 풀 나든지 썩어 거름 되던지 살까나 그래도 된다면, 천둥처럼 천둥 속에서.

박 현 덕

1967년 전남 완도에서 태어났다. 1987년 〈시조문학〉 천료, 1988년 〈월간문학〉 신인상 시조에 당선했다. 중앙시조대상, 김만중문학상, 백수문학상, 송순문학상, 오늘의시조문학상, 한국시조작품상 등을 수상했다 시조집으로 『스쿠터 언니』, 『밤 군산항』 외 7권이 있다 . 현재 '역류' '율격' 동인이다.

스쿠터 언니

노란색 스쿠터를 몰고 나간 다방 언니

상점마다 굳게 다문 입을 열어 파릇한 아침 공기를 마신다 지난 밤에 취객이 쏟아놓은 욕망들 말끔하게 치워져 있다 전봇대에 낡은 양복 걸어둔 채 심해에 가라앉아 산란을 꿈꾸던 사내도 도망친다 바람의 꼬리를 물고 늘어지는 읍엔 빈 소문들이 무성하다

소읍의 삼거리 지나며 또 바람소릴 듣는다

허기진 배 움켜쥐고 얘기 나누고픈 철물점과
간판이 너덜거리는 역전 광장 이발소와
언니는 버스 터미널까지 물음표를 찍고 온다

노란색 스쿠터가 거리를 달릴 때면
끝내는 어지러워, 날개빛이 노랗다
더듬이 힘들게 세운 노랑나비 우리 언니

저녁이 오는 시간 · 1

—겨울 운주사

그 오촉 전구 같은, 눈 내린다 산지 절집

대웅전 추녀의 끝 금탁도 흐물흐물

길 잃은 바람을 불러 목울대를 세운다

골짜기로 흩어진 천 개의 바람소리

꾀죄죄한 불상들 몸뚱이 피가 돌게

적막 깬 소리 사이를 흰 새가 날고 있다

완도를 가다

주루룩 면발처럼 작달비가 내린다 바람은 날을 세워 빗줄기를 자르고 지하방, 몸을 일으켜 물빛 냄새 맡는다

첫차 타고 눈 감으니 섬들이 꿈틀댄다 잠 덜 깬 바다 속으로 물길 되어 가라앉아 저 너른 새벽 어장에 먹물 풀어 편지 쓴다

사철 내내 요란한 엔진소리 끌고 간 아버지의 낡은 배는 걸쭉한 노래 뽑았다 그 절창 섬을 휘감아 해를 집어 올린다

겨울 고시원

가을이 성큼 지나
한파가 올라 온다

얇은 이불 덮고 누운 한 평 정도 방인데

틈새를 휴지로 막아도
칼바람에 씁쓸하다

밤이 와 불을 끄면
종이의 집 흔들려

도시의 뒷면이라 잘 보이지 않는다

오늘 또 누군가 울다
술에 취해 잠이 들고

가을 능주역

가을볕이 대합실에
시간의 그물 던지면

보성 회천 간다는 아낙은 마냥 졸다

대봉감 너댓 개 그냥
바닥에 쏟아 버린다

철로 위 참새들이
아슬아슬 날개 펴

눈길조차 주지않는 하늘에 금을 긋고

내 생을 지나온 회상
낮달에 걸려 있을까

벌판 같은 능주역
쉴새 없이 바람 불고

깡마른 역사는 온몸을 뒤틀면서

지상의 어둠을 향해
따스한 불 밝힌다

22 겨울

2월은 참 길어지고 볕이 들지 않았다
다저녁 아홉시 거리 상점도 빌딩도
지그시 입술 깨물고 눈꺼풀을 내렸다

어디에서 오미크론 확진이 될지 몰라
취기 오른 한 무리 직장인들 혀 차며
다급히 택시를 타고 어둠 속으로 사라진다

가령, 매일 우울해 뉴스 보다 잠 들고
가령, 마음 소낙비로 훑고 가는 숫자들
흐릿한 나날이라고 지니 불러 음악 튼다

겨울 저수지

바람 불면 맘 흔들려 늑골이 더 아프다

물결 위 걸어가며 노래하는 새들도

폐허의 눈물로 굳은 저수지 찾지 않고

온 몸 쿡 찌르면서 이따금 눈 내린다

주위 산들 무릎 꿇듯 푸른 숲을 비워내

밤이면 달빛 끌어 당겨 이불처럼 덮는다

오늘 밤내 생각하리, 시간이 흐를수록

마음 자꾸 늙어져 무한정 울고 싶다고

그 울음 차곡 내려 앉아 커다란 거울 된다

비 잠시 그친 뒤
―설도항에서

장대비가 그친 뒤 바다는 눈 반쯤 뜨고
마파람을 해안 쪽으로 거칠게 밀어낸다
상점 앞 횟감 잔해를 물고 가는 참새떼

창가에 얼비치는 햇살 한 줌 빈 잔 채워
아버지를 보내고 낮술에 젖어들면
그 울음 밀물로 돌아와 마음을 핥고 있다

설도항 여관 들어 파도를 베고 자면
저녁 한때 망망대해 부표처럼 떠다니는
아버지 애잦는 생애에 환상통을 앓는다

저녁이 오는 시간 · 6

—여서도麗瑞島에서

줄창 비 퍼붓는다 날이 점점 어두워져
민박집 유리창을 조금 열어 포구 본다
움푹 팬 매표소 앞 길 무수한 말 담겨있다

침침한 하늘 아래 삭아내린 외로움
선착장 완도집의 간판도 눈 깜박이고
이 봄밤 자전거 몰아 소낙비를 앞질러 간다

세찬 비의 울음은 어디에 가닿을까
맹독처럼 순식간에 가슴으로 번진 가난
여서도 저녁 귀퉁이 만옥의 달 언제 뜰까

* 김만옥(시인.소설가.시조시인): 전남 완도군 청산면 여서리에서 가난하게 태어나 홀어머니와 가난하게 살다, 가난 때문에 시를 쓰고, 가난 때문에 29세라는 젊은 나이에 노모와 아내, 딸 셋을 두고 농약을 먹고 자살한 시인.

옹관

자목련 꽃이 진다 몸에서 튕겨나가
돌널무덤 발굴지 미늘처럼 층층 박혀
비밀을 풀려던 사내 호미질이 멈춘다

즈믄 날의 불온한 푸른 생이 드러나
꽃을 피운 사연들 나지막이 다가올까
옹관에 가만히 귀 대면 아이처럼 꿈틀댄다

사월 한 낮 자목련 몸 흔들며 마냥 운다
옹관까지 닿았던 뿌리가 다 사라져
어느 밤 마한 사내가 홀연히 일어난다고

| 해설 |

마음 시 학교의 두 마음과 긍정의 힘

이지엽_경기대학교 국어국문학과 교수, 시인

1975년 전남학생시조협회로 시작하여 토풍시로 활동하였던 시인들이 함께 펴낸 이 시집은 작은 한국시조문학의 흐름이라 하여도 과언이 아니다. 필자도 그때 고등학생이었고, 이들의 멤버를 구성하고 처음 시작했던 김종섭 시인과 많은 편지를 주고받으며 시조의 꿈을 키워나갔기 때문에 이들의 면면을 누구보다 잘 알고 있다.

송선영 선생은 초등학교 평교사만을 천직으로 여기면서 이들의 작품을 꼼꼼하게 지도하셨다. 그들이 이제 장성하여 한국 시조시단의 한 허리를 담당하고 있으니 우리 시조사에 길이 남을 만한 족적을 남긴 셈이다.

오종문, 박정호, 박현덕, 최양숙, 윤희상, 이근택 시인의 작품을 읽으면서 이들이 가진 개성 있는 목소리와 변주가 현재 한국시단이 안고 있는 문제들과 결코 다르지 않다는 것을 느끼게 되었다. 어떤 면에서는 한국 시단이 처한 문제

점들을 주체적으로 개척해나가고 있다고도 판단되었다. 이들이 펼쳐나가고 있는 작업을 간명하게나마 살펴보고자 하는 것이 이 글의 의도이다.

오종문 시인의 세상을 살아가는 해법은 삶의 고통과 아름다움을 동시에 아우르는 힘을 보여준다. 그래서 한편으로는 「사도, 왕도의 길」에서는 죽지 않는 역사를, 다른 한편으로는 「늙은 나무의 말」에서처럼 삶의 경륜을 얘기한다.

「봄밤, 천둥소리」에서는 "암전된/ 완벽한 하늘/ 면도칼로 찢고 싶다"는 강렬한 열망을 보여주기도 하고, 「지금 DNA의 비가 내리고 있다」에서는 "토종의 눈빛들이 몰래 찾은 제단 위에/ 복제자 DNA의 비가/ 검은 비가 또 내"림을 암담하게 보여주기도 한다.

뚝! 하고 부러지는 것 어찌 너 하나뿐이리
살다 보면 부러질 일 한두 번 아닌 것을
그 뭣도 힘으로 맞서면
부러져 무릎 꿇는다

누군가는 무딘 맘 잘 벼려 결대로 깎아
모두에게 희망 주는 불멸의 시를 쓰고
누구는 칼에 베인 채
큰 적의를 품는다

연필심이 다 닳도록 길 위에 쓴 낱말들
자간에 삶의 쉼표 문장부호 찍어 놓고

장자의 내편을 읽는다
내 안을 살피라는

—「연필을 깎다」 전문

중앙시조대상을 수상한 「연필을 깎다」라는 작품에서는 결대로 따라가는 희망과 칼로 베인 적의를 동시에 품는다. 이 점은 이 소재가 지닌 속성을 기존의 작품들과는 다르게 새롭게 파악한 점이라 할 수 있다. 지금까지 연필은 볼펜과는 다른 점이 부각되면서 지울 수 있는 속성을 지닌 유연한 존재로의 의미가 강조되어 왔다. 그런데 오 시인은 양가의 가치를 지닌 연필에 주목한다. 하나는 친화적 이미지고, 다른 하나는 대립적 이미지다. 전자는 "무딘 맘 잘 벼려 결대로 깎아/ 모두에게 희망 주는 불멸의 시를" 쓴다는 것이니 누구나 다 가지고 싶어하는 의미를 담고 있다. 그런데 후자의 "칼에 베인 채/ 큰 적의를 품는" 와신상담의 쓰라린 상처를 지니고 있는 것이 또한 연필이라는 것이다.

혓속에 부드럽게 추억들이 죽어가고
언제나 천억 년을 다시 머물 한 아이가
환승역 사라져가며 한 번을 더 흘러간다

그 너머 하늘 너머 무지몽매 사람들이
조용히 늙어가며 정박한 하루의 끝
존재가 삭제된 여백 시공처럼 아득하다

알전구 불빛 같은 둥근 달이 돋아나면

쓸쓸히 무너져 내린 앉은뱅이 몸짓으로
넌 지금 어느 별에서 지구별을 보고 있니?
―「지구별 통신 9」 중에서

여기에도 '부드럽게 죽는 추억'과 '천억 년 뒤의 미래'라는 서로 다른 가치가 부딪치고 있다. 그러나 지금까지의 화법과는 다르게 존재의 성찰에 대해 얘기한다. 삶과 죽음 그리고 그 이후의 미래는 세월의 유구한 흐름을 이루며 지구상에 흘러가기 마련이다. 무지렁이거나 무지몽매한 이들도 조용히 늙어갈 수밖에 없다. 모두가 사라져간 지구별의 아득한 시공을 시인은 주목한다. 거기에 둥근 달은 돋아나고 지구 밖 우주의 공간에서 지구를 바라보면 삶과 죽음마저 하나의 점처럼 조그마한 것에 지나지 않으리니 존재하는 모든 것들아 침잠하라 숙연하라 돌아봐라 성찰적 자세를 요구한다. 사실상 시조로서는 담아내기 힘든 어려운 문제를 담기 위해 시인은 새로운 주제와 가능성에 도전하고 있는 것으로 보인다.

박정호 시인은 평시조는 물론 사설시조를 즐겨 쓰고 있는데 이 사설 가락은 장단완급長短緩急이 살아 있다.

옥판봉玉板峯 능선을 굴러 돌처럼 꽃이 진다

유상곡수流觴曲水 아홉 굽이 마른 물길로 꽃이 져서 꽃이 떠서 흐른다. 쿵! 쿵! 쿵! 꽃 떨어지는 소리에 꽃이 진다. 첩첩 수심도 없이 꽃 지면 하늘과 땅은 멀어져 꽃 진 빈자리 꼭 그만큼 길이 열린다. 오너라 오너라 누구든지 와서 꽃 떨어지는 소리 들어보아라. 적막한 구곡간장에 꽃 떨어지는 소리 받아 가거라. 한 가지에서 난 것인 양 꽃 지니 마음 지더라

그 꽃을 밟지 않고는 별서에 닿을 수 없다.

—「산다경山茶徑」 전문

세상에 돌처럼 지는 꽃이 있을까? 초장을 읽고 나서는 이런 의문을 품을 수밖에 없지만 중장을 읽고 나서는 아, 꽃이 지는 소리가 이렇게 가슴을 울릴 수도 있구나 절로 느끼게 한다. "쿵! 쿵! 쿵! 꽃 떨어지는 소리에 꽃이 진다."는 완만하지만 "오너라 오너라 누구든지 와서 꽃 떨어지는 소리 들어보아라. 적막한 구곡간장에 꽃 떨어지는 소리 받아 가거라"는 점점 빨라지는 호흡적 율격이 느껴진다.

「붓」의 작품 또한 중장의 호흡적 율격을 무작위로 배열된 것이 아니라는 점을 마디로 나누어보면 보다 확실해진다.

먹물이 번지는 길의 시간이다

우모牛毛든 서수필鼠鬚筆이든 갈근葛根이든,/ 그을린 부지깽이 또는 깨물어 낸 손가락으로 이 땅에 휘갈겨 쓴 몸은 한 자루 붓이었다./ 닳고 닳은 붓 한 자루가 세상을 갈고 닦았던 도구였다. 바람이 몸을 펼쳐 넘긴다. 쓰다가 지운, 물에 쓸려 읽을 수 없는,/ 삐뚤빼뚤 갈지자로 걸어와 여백으로 남은 사람/

난봉꾼 잡설일지라도 한 권 책이었다.(/의 마디 구분은 필자)

—「붓」 전문

첫째 마디는 3음보, 둘째 마디는 10음보, 셋째 마디는 11음보, 넷째 마디는 5음보이다. 이렇게 나누어보면 반복-열거-절정으로 치달으면서 점점 촘촘해지다가 (10음보-11음보) 깔끔하게 마무리되는 특성을 가지고 있다.

박현덕 시인의 작품들은 「스쿠터 언니」를 비롯하여 「저녁이 오는 시간」 연작, 「겨울 고시원」 등 배경으로 등장하는 공간이 삶의 힘들고 지친 비탈길에 서 있는 사람들의 마음에 맞닿아 있다. "허기진 배 움켜쥐고 얘기 나누고픈 철물점" 혹은 "간판이 너덜거리는 역전 광장 이발소"(「스쿠터 언니」에서) "오촉 전구 같은" 눈 내리는 산지 절집(「저녁이 오는 시간」에서), 요란한 엔진소리 끌고 간 아버지의 낡은 배(「완도를 가다」에서), 폐허의 눈물로 굳은 저수지(「겨울 저수지」에서) 등이 배경을 이룬다.

줄창 비 퍼붓는다 날이 점점 어두워져
민박집 유리창을 조금 열어 포구 본다
움푹 팬 매표소 앞 길 무수한 말 담겨있다

침침한 하늘 아래 삭아내린 외로움
선착장 완도집의 간판도 눈 깜박이고
이 봄밤 자전거 몰아 소낙비를 앞질러 간다

세찬 비의 울음은 어디에 가닿을까
맹독처럼 순식간에 가슴으로 번진 가난
여서도 저녁 귀퉁이 만옥의 달 언제 뜰까

—「저녁이 오는 시간·6」 전문

시인이 태어난 전남 완도의 "여서도麗瑞島"의 풍광을 통해 가난 때문에 29세라는 젊은 나이에 노모와 아내 딸 셋을 두고 농약을 먹고 자살한 김만옥 시인의 아픔을 형상화하고 있다. "맹독처럼 순식간에 가슴으로 번진 가난"이라는 표현이 절절했던 시인의 삶을 되돌아보게 한다.

이는 최양숙 시인의 작품에도 보인다. "딸각딸각 목발 짚고 가파른 고개 넘는" "세월의 짐이 무거워 등이 휜 할아버지"이거나(「혹, 베짱이 다리 보셨나요」에서) 모서리 끌어안은 구겨진 겨울 들꽃(「암막커튼」에서) "온몸에 박혀버린/종양도 내 살"처럼 여기며(「백련사 동백」에서) 한 면이 각을 세우면 두 면이 무디어져도 거뜬히 뛰어넘는 삼각형 여자의 삶을 노래한다(「나, 이런 여자야」에서). 그러나 그 품새는 넓어 풍요로움을 보여준다.

악아, 들어 볼래
여그가 꿩골이여
옴팍하니 둥지 틀고 알을 낳는 형국인디
햇살이
아늑허니께
편안하니 안 좋냐

다음에 나 여기 살믄
자주 찾아 오니라

꿩들이 꿩꿩 울면 나인 줄 그리 알고
참아 봐
궂은 날만 있다냐
좋은 날도 있응게

—「위로」 전문

"꿩골"은 아마도 시적화자가 돌아가 묻힐 무덤을 의미하는지도 모르겠다. "옴팍하니 둥지 틀고 알을 낳는 형국"이니 삶과 죽음이 동시에 이루어지는 공간이다. 마치 이상화의 「나의 침실로」에서 "침실"의 공간처럼. 꿈과 현실의 공간이면서 부활의 동굴이었던 "침실"을 우리는 도피의 공간으로만 잘못 생각하여 "병든 침실의 시"로 몰아세우는 편협한 재단을 서슴지 않았다. "햇살이/ 아늑허니께/ 편안하니 안 좋냐"라는 긍정의 모습에는 죽음까지 아름답게 보는 너른 품새가 있다. 그러면서 "참아 봐/ 궂은 날만 있"는 것이 아니라 좋은 날도 있음을 얘기한다. 대지의 마음이고 어머니의 마음이다. 「긍긍」 또한 어려운 현실을 수용하려는 마음 씀씀이를 보여준다. "언제든 빛나가려고 외진 곳을 찾아"가고자 하는 마음에는 누군가에게 부담을 주지 않고 스스로의 삶의 방법을 수긍해 나가는 긍정이 아름답게 읽힌다.

윤희상 시인의 시는 술술 재미있게 익힌다. 주제가 없는 듯하면서도 읽고 나면 여운이 남고 분명한 메시지가 보인다.

눈 내리는 날,
한가운데 텅 빈 마음자리를 바라보고 있으면

마음은 있는 것도 아니고
없는 것도 아니다
스산한 바람만 불었다
비움으로 끝내는 남아 있는
중심의 괴로움을 처음에는 몰랐다
중심은 사라지고
주변은 드러나는 풍습이 그만큼 낯설다
안이 밖을 만들었다
밖이 안을 만들었다
그렇다고, 마음이 갇히지도 않았고
열리지도 않았다
흥미로운 것은
다 먹혔을 때만
둘이 서로에게 고요히 번진다
안과 밖이 서로에게 스민다
둘이 다투지 않는 고즈넉함이다
너와 내가 하나이듯이
빛과 어둠이 하나이듯이
밤과 낮이 하나이듯이
마치 정신과 육체가 둘이 아니라 하나이듯이
그대로 하나의 몸이다
그리고, 흩어진다
이미, 서로 알고 있었던 것처럼

—「도너츠」 전문

도너츠가 만드는 둥근 형태의 형상을 보면서 안과 밖이 만들어 내는 경계에 대해 얘기한다. 있는 것과 없는 것, 중심과

주변, 안과 밖, 갇힘과 열림, 빛과 어둠, 밤과 낮, 정신과 육체, 너와 나의 이항대립이 서로에게 간섭한다는 것이다.

이항 대립은, 언어 또는 사유에서 두 개의 이론적인 대립을 엄격하게 정의하고 하나에 다른 하나를 대립하게 하는 체계다. on/off, up/down, left/right와 같이 두 개의 배타적인 용어의 대립이라고 할 수 있는데 이 이항 대립은 구조주의의 중요 개념이라 할 수 있다. 소쉬르에 의하면 언어의 단위는 이항 대립을 수단으로 하여 의미나 가치를 가지며, 각각의 단위는 마치 바이너리 코드 안에서처럼 다른 용어와의 상호적인 결정 안에서 정의된다. 이것은 모순되는 관계가 아니라, 구조적이고 보완적인 관계이다.

서로가 보완적이므로 독립적이지 않고 결국 하나가 된다는 것이 시인의 인식이다. "마치 정신과 육체가 둘이 아니라 나이듯이/ 그대로 하나의 몸"이라는 것이다. 이러한 시인의 인식은 다른 작품에서도 드러난다.

이근택 시인의 작품에는 보다 감각적이며 미래파적인 색채가 드러난다.

> 티타늄으로 된 두뇌로 살아가는 인간들
> 수많은 알렉시아들 속에서
> 나는 나로 살고 너는 너로 산다
> 나의 상처는 나의 것, 나만의 것이지만
> 나도 모르는 사이에 너를 때린다
> 고통의 힘으로 외로움으로
> 너와 내가 우리가 되기도 하지만

우리는 또 그 고통의 힘으로 너희를 때린다
때린다 아무 이유가 없다
살기 위해 살아남기 위해
춤추고 노래하고 사랑하는 사람들
화려한 도시의 밤에 여자는
자동차와 사랑하여 자동차 인간를 낳는다

—「병든 사랑」 중에서

이 작품은 영화 〈티탄〉을 소재로 한 작품이다. 영화 〈티탄〉은 2021년 칸영화제 황금종려상을 수상하면서 화제가 된 작품으로, 어린 시절 교통사고로 뇌에 티타늄을 심고 살아가던 여성이 기이한 욕망에 사로잡혀 일련의 사건에 휘말리다 10년 전 실종된 아들을 찾던 슬픈 아버지와 조우하게 되며 벌어지는 이야기를 담고 있다. 영화제 사상 가장 거칠고, 가장 섹시하며, 가장 폭력적인 영화라 평가될 정도로 전통적인 남녀 간의 사랑이라는 가치관과 남성과 여성의 성별관을 뒤집는 충격적인 장면이 많이 등장한다. 단순히 여성들 간의 목욕 장면에서의 은근한 성희롱이나 두 여성의 정사 장면과 같은 요소라든지 주인공 알렉시아가 자동차와 성교하는, 사물성애가 등장하며 '임신' 후 인간과 금속의 혼혈아를 출산까지 한다. 관객들의 한계를 시험하면서 실험성이 강하여 '통념'을 깨는 파격적인 장면을 보여준다. 티타늄이 삽입된 인간 육체를 기이하게 활용하는 동시에, 금속처럼 차갑고 화염처럼 뜨거운 이미지를 동시에 선사하는, 파격적인 질감의 영화다.

이 작품은 남성과 여성, 탄생과 죽음, 생명과 물질, 규범과 무법 등 이분법으로 구분된 것들이 경계를 넘어 들어와 부딪히고 융합된다. 「병든 사랑」에서 보여주는 필사적으로 부정하고 싶은 괴이하고 낯선 감각들은 현대인들이 지니고 있는 광기의 하나 일런지도 모르지만, 근본적으로 이근택의 시들은 자유에 대한 들끓는 열망과 투명한 물빛의 소망으로 가득차 있다. 어렵지 않게 이러한 대목을 인용해볼 수 있다.

> 목이 쉬어 더 이상 노래를 부를 수 없을 때 키타를 치던 사내가 말했어 감옥에서도 나는 노래를 불렀어 사람들은 나의 노래를 좋아했지 징벌방에 혼자 갇혀서도 햇볕이 그리워서 노래를 불렀어 너무 외로우면 식구통 구멍으로 머리를 내밀고 보았어 손바닥 만한 보석 같은 햇볕을
>
> —「보석 같은 햇볕」 중에서

> 차갑고 순결한 기운으로 산새들은 낮게 낮게 날고 하늘은 까마득한 높은 곳에서 작은 창문만이나 하게 파랗다 파랗다 신령스러운 나무들의 궁전, 사려니숲에서는 아름다운 신부가 희고 탐스러운 수국꽃처럼 웃는다
>
> —「사려니숲에서」 중에서

> 볕이 드는 데를 따라 열심히 줄기의 끝을 뻗어 여린 잎들과 새로이 피는 꽃들을 피워내는 거다. 피워서 열매를 맺어서 더욱 단단한 씨들도 퍼트려서 넝쿨은 넝쿨끼리 서로 엉켜서 살자.
>
> —「곶자왈 넝쿨」 중에서

산문시의 촘촘한 그물에서 이근택 시인이 엮어내는 것은

현대인의 병리를 넘어서며 "손바닥 만한 보석 같은 햇볕을" 통해 절절한 자유에 대한 몸부림을 보여준다. 이는 또 다른 작품 「강물」에서 보여주듯 "우리가 함께 꾸는 꿈이 강물이라면 너른 강 하류를 지나 수평선 너머 희뿌연 해무로 피어 올랐으면 좋겠다고" 봄날처럼 웃는 그녀를 통해서도 드러난다. 「사려니숲에서」의 "산새"나 "수국꽃", 「곶자왈 넝쿨」에서의 "단단한 씨"와 "넝쿨" 또한 동궤의 것으로 볼 수 있다. 이것들은 불온하고 불안한 현대인들의 부조리한 상황을 넘어갈 수 있는 긍정의 힘이며 좌표를 설정해주고 있다는 점에서 상당한 의미를 가지고 있는 질료들이라고 판단된다.

윤희상이 쓴 「전남학생시조협회」 작품에는 공통분모로 지니고 있던 마음의 학교가 잘 형상화 되어 있다. "무등산 아래 그곳,/ 시인 송선영 선생님과 소년, 소녀들이 칠판 앞에 둘러앉아/ 시를 얘기하고, 시를 썼"던 이들은 그곳으로 인해 오늘의 자신들이 만들어졌다는 사실을 잘 알고 있다. 사십 년이 훌쩍 넘어버린 늘 그들의 마음속에 있는 "시 학교". 세월이 흐르고 변하지 않는 것들이 없을 정도로 다 변했지만 순수하게 정도를 걷고자 했던 진지한 마음만은 계속 이어지기를 기대해 본다.

전남학생시조협회 후일담

"

전남학생시조협회는 1975년 11월 8일 시인 송선영 선생님을 지도교사로 모시고 창립된 이후, 전국 최초의 학생 동인지 『토풍시』(1976.5.15., 국판, 39쪽) 창간호를 발간했다. "전라도/ 한 하늘인 걸/ 우리 얼만 담는다."는 「토풍시송」의 기치 아래 학생들이 모여 그 명맥을 유지해오다 그 맥이 끊긴 지 47년이 되었다. 참으로 안타깝고 서글픈 일이 아닐 수 없다. 그동안 출신 시인들의 책을 함께 엮자는 많은 이야기가 오고 갔으나 이루어지지 못하다가 박정호 시인의 결단으로 그 열매를 맺게 되었다. 전남학생시조협회가 22기까지 이어올 수 있었던 것은 여러 선생님들의 격려와 지도 그리고 시조단 선배 시인들의 아낌없는 지지가 있었기에 가능한 일이었다. 이 자리를 빌려 감사의 절을 올리며, 몇몇 자료를 말미에 실어 그 의미와 뜻을 더하고자 한다.

"

時調文學과 土風詩

月河 李泰極

중국에는 한시가 있고 일본에는 하이꾸(俳句)와 와까(和歌)가 있듯이 우리에게는 우리의 고유한 전통시인 時調가 있다.

이것은 우리의 조상들이 우리의 사상과 감정을 담아 나타내기에 가장 알맞는 시로서 길러 준 六00여 년의 생명을 가진 것이다.

자유시의 시대인 오늘에도 우리 후손들의 손에 의하여 훌륭한 현대시로 창작되고 있다. 전국에 약 一五0명의(老少) 작가가 있고, 그 중에서 가장 많은 수를 二 · 三0대의 청년층이 차지하고 있음은 더욱 그 앞날이 촉망되어지는 터이다.

지역에 따라서는 초 · 중 · 고등학생들도 대단히 생기있고 바람직한 작품들을 제법 잘 만들고들 있다.

그 중의 한 그룹이 「전남학생시조협회」다. 이렇게 뜻있는 학생들이 하나의 시조단체를 만들고 그들의 작품집으로 土風詩라는 詞華集까지 낸 것은 참으로 경하할 일이다.

한 二0년 전에 서울에서 대학생들의 시조 모임이 있었지마는 작품집까지는 내지 못하였는데, 특히 고등학생들의 모임으로 이러한 성과를 올린 것은 이번이 처음인 것이다.

토풍시 제一집에서 실린 작품들이 참신하여 앞날이 기대되는 바가 있어 자못 기뻐하였더니, 이제 그 제二집을 간행한다니 더욱 놀랄 일이며 충심으로 기쁨을 이기지 못하는 터이다.

이번 작품들을 기대하면서 앞으로 계속 이 모임이 계승발전되기를 바라마지 않는다. 그리고 때 묻지 않은 학생들의 생각을 진솔하고 참신하게 나타내 주기를 바란다. 즉 어른들의 작품 흉내를 낸다든지 지나친 욕심을 낼 생각을 없애고 소년 소녀들의 감성과 지성에서 우러나오는 그대로의 싱싱한 작품들을 자기의 말로 자기 나름의 묘사 표현들을 해주었으면 한다.

멀리서나마 축하와 격려를 아끼지 않으며 협회원 여러분의 건강과 토풍시의 오랜 발전을 축원하는 바이다

一九七六年 十二月 十三日

서울 紫霞山舍에서

〈韓國時調作家協會 會長〉

祝,「土風詩」의 開化

白水 鄭椀永

요즘 新安 앞바다에서 오랜 세월동안 깊은 바닷물 속에 잠긴 채 감감히 묻혀 있던, 보물 陶磁들을 수천 점 건져냈다고 하고, 또 앞으로 건져낼 물건들이 그보다 훨씬 더 많이 남아 있다고 한다. 더러는 국보급이고, 더러는 보물급이어서 이것들을 값으로 따질 수는 없지만 만약 국제시장에다 내다 판다면 모르긴 몰라도 100억 원이 넘을 것이라는 추측이기도 하다.

그러나 돌이켜 한번 생각해 볼 일이다. 보물이 묻혀 있는 곳이 하필 신안 앞바다 뿐이겠는가. 기실 그 도자기를 구어낸 것도 사람의 머리요. 손이고 보면, 우리는 건져내야 할, 하고 많은 보물이 묻혀 있는 곳이 다름 아닌 바로 우리들의 머리요, 지혜라고 보는 것이다.

국보의 몇만 개로도 셈하여 값어치 할 수 없는 무등산이 鎭座해 있는 우리 光州 땅에서, 앞으로 국보의 몇 개씩은 구어내고도 남을 지혜를 가진 우리 고등학생들이 모여 「土風詩」라는 詩 중에서도 아주 진국인 민족시 時調 동인지를 내고 있는 일은 신안 앞바다 도자류 引揚作業 보다 더 큰 정신적 인양작업이라 아니 할 수 없는 것이다.

이 일꾼들이 얼마만한 노력으로, 얼마만한 세월을 걸쳐, 얼마만한 보물들을 건져낼 것인가는 두고 보아야 할 일이로되 우리 정신의 바다 속에는 비길 수 없으리만치 아주 많이 감추어져 있다는 것을 장담해 둔다.

옛부터 全羅道는 멋의 고장이다.

사실로 전라도에서 멋을 빼놓고나면 무엇이 남겠는가. 멋 중에도 멋인 文學 우리 시조가 부흥할 땅은 전라도라고 나는 본다. 全羅道의 瑞氣가 남으로 뻗어 내려가 마지막 雄氣가 뭉친 땅, 무등산이 자리한 땅, 광주에서 시조 부흥의 旗幟로 오른 것은 너무도 당연한 일이라 할 것이다.

가야금 청줄에만 실어도 동백꽃은 붉게 핀다. 열두 줄을 고르면 하늘인들 안 열리겠는가. 부디 송이송이 벙글기를 비는 바이다.

서울 望黃岳詩室에서

〈文協 時調委員長〉

토풍시(土風詩)

전남학생시조협회는 고교생 시조동인회다. 1975년 11월 9일 광주에서 결성을 보았고, 1976년 4월 5일 동화사지(址)에서 자체 백일장을 개최하기도 하였다.

'토풍'이라 하면 주대(周代) 각국의 국풍(國風)에 소급되고, 국시 · 풍요 · 민풍 · 풍화의 개념과 이어진다.

『토풍시』의 창간호(1976.5.15., 5×7판(국판), 39면)의 서시 「토풍시송」에서 "전라도/한 하늘인 걸/우리 얼만 담는다." 한 것으로 미루어보면, 지역적인 특성을 갖춘 한 경향의 형성을 뜻하고 있는 게 아닌가 싶다.

이 모임을 지도해온 정소파 · 송선영 · 배봉수(裵鳳洙)가 각각 〈서〉를 썼는데, 그 중 정소파는 이들이 조국애로 작품활동을 해 왔다 전제하고, "경박한 시류에 편승하여 자기 것을 잊고, 잃기 일쑤인 이 시점에서 민족시로서의 시조를 계승 발전시키자는 갸륵한 마음들이 내 것 찾기에 앞장 서서" 운운하고 있는 국수적인 발언을 보게 된다. 이로 미루어 볼 때 토착적인 것, 토속적인 것의 인식과 발견을 염두했던 데서 〈토풍〉이라는 명칭이 붙여진 것 같기도 하다.

『토풍시』에는 25명의 동인 중 19명의 시조 48편이 수록되고 있는데, 다시 정소파가 "자유에로의 향념을 억제하면서도 자유시를 쓰듯 새로운 현대시조로 지향하는"이라고

한 것과는 달리 "시조는 언어라는 재료로 수치를 짜서"라는 한 동인의 말을 반영이라도 하듯이 이들 작품은 아직 율조의 해화(諧和)를 이루지 못하고 정해진 틀을 답습하고 있으며, 일반적으로 진부한 소재가 노출되어 있는 상태다. 고교생다운 감수성과 감상적인 일면을 지나치게 억제하는 데서도 오히려 이러한 현상은 빚어질 수 있다.

그럼에도 동시조 1편과 양장시조 1편이 끼어 있었다는 것은 시조라는 대상에 다양하게 접근해 보려했다는 시도와 의욕으로 읽혀진다. 그리고 여기서 눈길을 끄는 것은 이인숙(李仁淑)의 「이영도문학론」과 김어채(金魚采)의 「이호우문학론」이다. 두 편의 글들은 작가론이 포착해야 할 핵심을 잃지 않고 있으며, 타당하게 들리는 주견들이 삽입되어 있어 무난한 가작으로 읽힐 만하다. 다만, 창의적인 설론의 부분이 얼마만큼이냐가 문제일 것이다.

—林仙默,『 時調同人誌의 樣相』, 단국대학교출판부, 1979. 3.25., 118~119쪽 인용.

序

詩人 宋船影

전남학생시조협회가 태어난 지도 어언 세 해째로 접어들었다. 그동안 이들의 활동은 충분히 값진 것이었다.

月 三回 이상의 모임을 통해 꾸준히 시조 연수를 해 온 이들은 〈時調文學〉을 비롯하여 몇몇 地上에 작품을 선보인 바 있고, 특히 작년 五月에는 〈土風詩〉를 엮어내어 문단 선배들의 주목과 격려를 받았다.

지금까지 이 모임을 만들어 이끌어 왔던 前 회장 김종섭 군을 비롯하여 조인숙, 이표선, 이문희, 이일룡 등이 졸업관계로 일단 이 모임을 떠나게 되고, 二학년 학생들이 배턴을 물려받아 〈無等文學〉 二호를 펴내게 되었다.

아직은 미숙한 구석이 많은 작품집이지만, 그런대로 뜻 깊고 장한 일이라 믿어 우선 박수를 보내며, 앞으로 더욱 알찬 열매를 거둘 수 있도록 노력해 줄 것을 당부하고 싶다.

-2집 서문

第二回 全南 學生 時調 協會 創立 紀念 行事

<創刊號>

全南學生時調協會

無等文學

第二號

全南学生時調協会

토풍시

82·제3집

전남학생시조협회

토풍시

—第4輯—

全南學生時調協會

토풍시
同人詩集 5

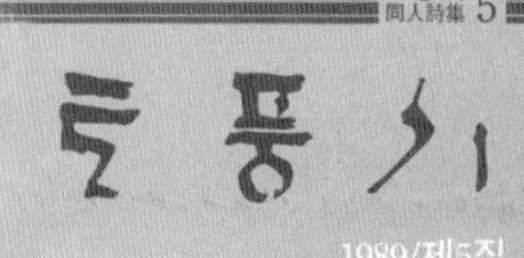

1989/제5집

全南學生時調協會

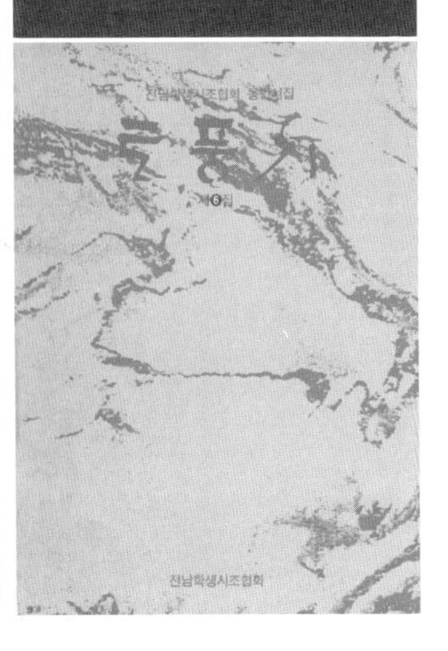